사랑에 얼굴이 있다면
너의 모습을 하고 있겠지

사랑에 얼굴이 있다면
너의 모습을 하고 있겠지

．
．
．

고민정 에세이

웅진 지식하우스

프롤로그 **배움도 연습도 없이, 온몸과 온 마음을 다해**

연애에 관한 프로그램을 제작하면서
하루에도 수십 통씩 메일을 받았다.
천 갈래 만 갈래 사연에 담긴 메시지는 거의 같았다.

사랑 하나 하자는데, 왜 이렇게 힘이 들까.

꽃밭에 홀려 하염없이 발을 디뎠는데
정신 차리고 보니 발아래가 진창인 것.
언제고 다시 꽃밭이 펼쳐지리라 믿고 싶어
푹푹 빠지는 발을 빼지 못하는 것.
서글프지만 그게 연애의 속살이 아닐까, 생각했다.

그리고 이제 알게 됐다.

연애라는 것이 오롯이 한 세계와 한 세계가 만나는 일인지라,

그 세계 안에서 노닐면 무엇이 잘못되었는지 모르더라는 사실을.

감정을 주체 못 해 끓어오르다가 지레 식어버리는 일도

피가 뜨거워 들이받다 피멍이 드는 일도

상처 난 줄도 모르고

딱지가 앉을 새도 없이 또 상처를 만드는 일도 모두

몰라 그렇다.

통 가르쳐주는 이가 없어 그렇다.

그러므로 배움도 연습도 없이
온몸과 온 마음을 다해 부딪쳐볼밖에 없고
그래서 우리는 때때로 이렇게 나누며 위안한다.
누구도 가르쳐주는 이 없기에.

그래도 나는
그럼에도 당신에게
사랑하는 삶을 살라고 이야기하고 싶다.

바글바글 끓는
감정의 소용돌이 속에도 있어보다가
미지근해진 마음속에서 친근함으로 변해버린
사랑의 평온도 맛보다가
다시 불을 지피는 순간도 맞이해보고
처음도 아닌데 여전히 허둥지둥해보는 것.

그렇게 사랑할 때만 가능한 온도들을 다채롭게 경험해보라고.
그게 당신의 체온이 될 거라고.

그러므로 여기 이렇게, 순간의 마음들을 담는다.

2020년 초가을
고민정

차례

4장 순간의 마음들을 이렇게, 나눠요

1장

나는 너만 보면 자꾸 웃음이 난다

다시 두근거렸지

여름의 끝, 가을 초입 즈음
춥지도 덥지도 않던 계절의 밤.
배다리 헌책방 골목에서 사거리까지
우리는 말없이 걸었다.

밤과 새벽 사이였고,
새로 지은 건물 하나 없는 오래된 길엔
여름밤 습기에 젖은
특유의 먼지 냄새가 진하게 풍겼다.

그대는 알까,

이런 날에 몸이 느끼는 온도, 공기가 머금은 물기,
땅이 올려 보내는 냄새는 머릿속에 각인되어
비슷한 계절이 찾아올 때마다
어김없이 나를 그 거리로 불러낸다는 사실을.

길은 좁지 않았지만
종종 어깨나 팔 근처가 부딪혔고 손등이 닿았다.
당신은 늦은 밤,
서울에서 택시를 타고 인천까지 달려온 길이었다.
그렇게 달려와놓고는 정작 아무 말이 없었다.

나는 눈 감고도 갈 정도로 잘 아는 길,
그대는 태어나 처음 걸어보는 길.
나는 길이 얼마나 남았는지 알았고 당신은 몰랐다.
길이 끝나가는데 왜 아무런 말이 없을까.
걸어서 숨이 찬 걸까.

호흡이 가쁘다고 생각했을 때
당신은 말없이 나의 손을 잡았다.

우리 두 사람을 둘러싼 공기가 팽팽해졌다.
우리는 여전히 숨이 찼고,
여전히 아무런 말도 하지 않았다.

작게
가슴이
다시 두근거렸다.

너에게 간다.

5년의 사랑이 끝났다.

기약 없는 장거리 연애를 더 하자고 할 수가 없었다.
우리의 연애가 서로에게 짐이 되는 걸 차마 보기 싫었다.

그녀는 싫다고 했고
얼마쯤 울었고
가다가 돌아서서는
"이게 끝이지?" 하고 주저앉았다.

처음엔 홀가분했다.
긴 겨울을 보내고 무거운 커튼을 열어젖혔을 때처럼.
새 계절의 공기가 집 안을 가득 채울 때처럼.
마음의 공간들이 가벼워졌다.

얼마쯤 시간이 흘렀을까.
종종 그녀와의 시간들을 떠올렸다.

야근한다고 거짓말을 하고 내게 달려와 함께 보냈던 밤.
급히 떠난 여행에서 우연히 맞이했던 붉은 해거름 해넘이.
작은 섬을 찾았다가 폭우에 발이 묶였던 어느 해의 휴가.

그녀는
이상하다고 했다.

우리가 함께 있을 땐
시간에 가속도가 붙는 것 같다고.
시간이 이상하게 흐른다고.
어떻게 붙잡아둬야 할지 모르겠다고.

종종 그녀를 꿈속에서 만났다.
밝은 방 안, 좁은 내 침대에 그녀가 잠들어 있고
나는 "사랑해" 속삭이며 그녀를 깨운다.
그러면 그녀는 웃으며 내 목을 감싸고 깊게 숨을 들이쉰다.
세상 모든 사랑이
우리에게만 가득 찬 것 같은 충만함.

눈을 뜨면 그녀는 없고
서러울 자격이 없는 나는 마냥 서러워 몇 번쯤 울었다.

5년의 연애를 했고
2년의 이별을 했다.

살면서 가장 행복했던 순간을 묻는 말에
그녀와 함께한 기억들만 떠오르는데,
살면서 가장 이루고 싶은 걸 묻는 말에
그녀와 함께할 계획들만 가득한데,

이제 그녀가 없다.

사랑 하나 잃은 줄 알았는데
세상을 전부 잃은 걸 너무 늦게 깨달았다.

작게
가슴이
다시 두근거렸다.

낯선 도시로 여행을 떠난 참이었다.

후두둑 소리가 들리는가 싶더니
타닥타닥 타다닥
거센 빗줄기가 쏟아졌다.

우리는 누가 먼저랄 것 없이 손을 잡았고
손가락과 손가락을 단단히 얽어매고 달렸다.
웃음이 났다.

사랑에 얼굴이 있다면 너의 모습을 하고 있겠지

23

그래 사실
나는 너만 보면 웃음이 난다.

길은 낯설고 배낭은 거추장스러웠다.
어디로 가야 할지 몰랐고
택시를 탈 만큼 넉넉지도 않았다.

웃을 일이 아닌데,
아니 따지고 보면 입이 나와 마땅한데.

그런데도 자꾸만 자꾸만
웃음이 났다.

"왜 웃어?" 하다가
같이 웃음을 터트리고

웃다
멈추고
웃다
달리고

다시 주저앉아 웃는다,
빗속에서.
웃음기 묻은 입술을 맞춘다,

빗속에서.

낡은 버스에 몸을 실었을 때
너와 나는 이미 흠뻑 젖은 채였다.
버스 에어컨에서는 먼지 섞인 매캐한 찬 바람이 나왔고
오소소, 온몸에 소름이 돋았다.

정수리로 쏟아지는 찬 바람에
어금니가 딱딱 부딪히게 추웠다.
젖은 옷에서 아지랑이가 피어나
우리는 또 웃었다.
추웠다. 그리고 뜨거웠다.

움직일 때마다 몸을 감아오는 젖은 옷.
그 너머 닿는 너의 살결이 뜨거웠다.
숨이 차 들썩이는 가슴.
내뱉는 너의 숨이 뜨거웠다.

고백하건대
우리가 어디를 갔는지 무얼 봤는지는
기억나지 않는다.
기억하는 건 춥고 뜨거웠던 감각.

웃고
웃고
또 웃었고

8월처럼 우리는, 뜨거웠다.

시간이 지나
이날들이 참 좋았다고 말할 수 있기를.

너로 인해 욕심내는 법을 배운다

대학에 합격했다는 소식을 전했을 때
아버지의 첫마디는
"욕심이 많아 제 팔자를 볶는다"였다.

그녀는 가난했다.
가난한 삶이란 욕심을 외면하는 삶.

태어나 처음으로 욕심내본 게 학교였고
결국 대학에 갔다.
낮에는 수업을 듣고 밤에는 아르바이트를 했다.

엄마 혼자 벌어 아빠와 동생까지
세 식구 먹고살아야 하는 팍팍한 살림에
최소한의 양심을 보태고
고시원비, 통신비, 교통비, 교재비 다 빠져나간 자리에
덩그러니 남는 20만 원 남짓한 돈.

한 달 20만 원 안에서 먹을 것, 살 것
우선순위를 정하는 삶을 살았다.

그런 그녀에게 그가 다가왔다.

그가 뽀얀 메추리알을 내민다.
"일하면서 하나씩 집어 먹어, 먹는 티 안 나."
어떤 날은 알밤과 방울토마토를 내밀었다.
"밤은 잘 체하니까 알밤 한 번, 토마토 한 번, 번갈아가면서 먹어."
어떤 날은 잘게 자른 육포를 내민다.
"입에 넣고 우물우물 하다보면 허기가 가셔."

뭐 좀 먹었냐는 말이 인사를 대신했다.
점심은 먹었는지, 저녁은 먹을 수 있는지.

누군가 제 입에 들어가는 것을
이토록 신경 쓰는 상황이 낯설었다.
그녀에겐 처음 있는 일이었다.
벅찼다.

그와 함께하면서 따뜻한 음식을 천천히 먹는 법을 배웠다.
먹는 모습을 지켜보며 호선을 그리는 그의 입술.
음식보다 그의 표정이 더 따뜻했다.

알람 없이도 연인의 목소리로 일어나는 법을 배웠다.
시간을 쪼개 쓰는 피곤한 일상이
순간순간 행복으로 가득 찼다.

그리고 욕심이 났다.

늘 같은 옷을 입어도 부끄럽지 않았는데
예쁜 옷이 입고 싶어졌다.
신어본 적 없는 구두를 들었다 놨다, 만지작거렸다.
12,800원짜리 선풍기를 포기하고
무인 세탁방에서 더위를 피하던 여름날을 떠올리면
차마 살 수 없는 것들이라 서글펐다.

그를 만나기 전에 몰랐던 감정이었다.

초라한 침대, 낡은 이불 속에 들어갈 때조차
비죽비죽 웃음이 새어 나오는 날들.
보잘것없는 일상을 반짝이게 만들어주는 두근거림.
손끝과 발끝으로 퍼지던 충만함.
그와 함께 그리는 미래의 작은 행복들.

그런데 이상했다.
사랑하면 할수록 가슴이 답답했다.
일하지 않는 아빠를 증오하고
열심히 살아도 가난한 엄마를 원망했다.
우리 집은 왜 이 모양 이 꼴일까, 답도 없는 질문으로 괴로웠다.
한낮에 예쁘게 차려입고 데이트하는 사람들을 보면
부아가 치밀었다.

두근거리고 설레고 벅찬 것이 사랑인 줄 알았다가
괜히 미안하고 초라하고 원망하고 분노하게 되는 것이
사랑임을 알게 되었다.

연애를 하지 않았다면 몰랐을 감정들이었다.
아빠 말대로,
욕심이 많아 내 팔자를 내가 볶았구나 생각했다.

그래서 이별을 말했다.
그는 붙잡았다.

한없이 줘도 아깝지 않고
긴 시간 기다려도 지루하지 않고
못 하는 게 많아도 그저 얼굴을 보고 있는 것,
그걸로 행복했다고.

욕심도 부릴 만큼 부렸다고.
피곤할 걸 알면서도
이기심에 한 번 더 너를 불러낸 것.
여유가 없는 줄 알면서도
너의 마음에 비집고 들어가 끝내 자리를 틀고 앉은 것.
시간이 빠듯한 줄 알면서도
너의 소중한 순간순간을 나에게 쓰게 만든 것.

나는 내 욕심을 너로 채웠다고.

그래서

한 번 더 욕심내기로 한다.

초라하면 초라한 대로 사랑해보기로 한다.

나 역시 욕심을 너로 채우겠다고,

욕심을 부릴 만큼 부려보겠다고.

그녀는 그에게

욕심내는 법을 배운다.

사랑이 나를
사랑만이 나를
평온하게 만들어주었다.

어떤 날도 어떤 말도

단단해져야 해.

나는 천성이 무른 사람임을 잘 알아서
단단해지기 어려울 거라는 짐작이 나를 괴롭게 했다.

자존감을 높여.

자존감이란 것이 무엇인지를 찾느라 꽤 오래도 헤매었다.
스스로를 귀히 여겨야 한다는 조언이
주술처럼 내 발목을 옭아매고 있음을 깨달았다.

마음을 비워.

마음이 꼭 내 것 같아도
결국 내가 어찌할 수 없는 일임을 다시 한번 확인했다.

좋은 사람을 만나.

보이지 않는 주머니에
빨간 공, 노란 공, 파란 공 섞어두고 고르는 일 같은 것.
때때로 억세게 운이 나쁘고
때때로 노력한 바 없이 굴러오는 행운 같은 것.
사람을 만난다는 게 그런 일일진대
더군다나 좋은 사람을 만나는 것은
내 노력 밖의 일임을 깨닫고 자책을 멈추기로 했다.

어떤 날도, 어떤 말도
돌고 돌아 확인하면
괴로웠던 시간만 남을 뿐.

나는 나인 채 그대로였다.

사랑에 얼굴이 없다면 너의 빗속을 하고 김생각

고백

태어나서부터 살아온 동네. 한 집 걸러 한 집이 친구 집.
너 나 할 것 없이 서로의 일에 말을 얹고 마음을 보태는 사람들.
시장통을 지나면 주머니에 귤을 넣어주고
겨울이면 목탄 난로에 얹어놓은 고구마, 감자를
신문지에 둘둘 말아 손에 쥐여주는 어른들.

교복을 입고 걷던 길을 힐을 신고 걷고
아침 등굣길이 바쁜 출근길이 된 세월 내내
참 변함도 없던 키 작은 가게들.

그런 틈바구니서 자란 탓에
보는 눈이 많은 나를 연인으로 두어서는
집 앞까지 오지도 못하고 대로에서 들여보내며
끝내 보이지 않을 때까지 나를 지켜보던
당신은 그런 사람.

좁은 골목을 지나 계단 끝에 오를 때까지
몇 발자국 떨어져 뒷짐을 지고 따라오는 사람.
추위를 많이 타는 연인을 위해
데워두었던 손난로를 쥐여주고 멀찍이 떨어져 따라오는 사람.
먼저 발길을 돌린 적이 없는 사람.

어느 날엔가
부모님께 당신을 소개한 후 동네 어귀를 걷는데

이 길이 이렇게 예뻤구나,
같이 걸으니 좋네,
하면서 나를 다시 바래다주고 돌아가는 당신.
몇 번이고 뒤돌아보며 내게 들어가라 손짓을 했다.

그래도 고집스럽게 버티고 서서
이번엔 내가 당신의 뒤를 지켜볼게, 속삭이며
바라보고 있는데 전화가 걸려왔다.

들어가.

내 등을 봐야 마음이 편하다는 당신의 목소리에 툭,
생각지 못한 말이 툭,
왜 이런 말을 하고 있지 싶게 툭,
혼잣말이 나왔다.

우리, 결혼할까.

엄마는 가을 끝이면 꼭 꽃게를 쩌주셨다.

아빠는 늦는 날이 많았고,
아래층 가게의 할아버지, 할머니가 이른 잠을 청하실 무렵
엄마와 나, 오빠가 이마를 모으고 앉는다.

엄마는 꽃게 살을 발라
오빠 한 입, 나 한 입.

옹근 살을 발라내고
남은 껍질을 쪽쪽쪽 빨면서

다시
오빠 한 입, 나 한 입.

46

발갛게 익은 딱지 안에
노란 알이 가득했고 살은 희었다.
향은 달큰했고 입 속에서 오래 부드러웠다.

나는 엄마 손끝만 바라봤다.
손에 달려 오는 꽃게 살만 바라봤다.

내가 기억하는 사랑이란 이런 것.

깊은 사랑을 온화한 방법으로
충분히 받았다.

남을 사랑하는 방식 역시
꽃게를 먹던 날들의
그 달큰함과 풍요, 부드러움, 따뜻함과
다르지 않았다.

사랑이 나를, 사랑만이 나를
온갖 마음 부침으로부터
평온하게 만들어주었다.

이별했고, 아팠지만 유난할 것이 없었고
또다시 사랑했다.

꽃게를 먹던 날들에 받은 그 사랑의 기억을
구김이 생기지 않게 때때로 떠올리고
생생하게 그리면서.

작은 기억 하나를
양지 아래 펼쳐놓고 사랑했다.

반복해도 미련하지 않은 그것.
그것이 사랑임을 나는 믿는다.

무릎 나온 추리닝을 입고
나에게만 안 보이면 세상도 나를 못 봐, 라는 편리한 뚝심으로
모자만 겨우 눌러쓰고 외출에 나선다.

주말에 집 밖은 위험한데.
신발 있는 사람들은 다 나올 텐데.
해 있는 시간은 지붕 아래 있으면 안 된다는 친구의 닦달에
내키지 않는 외출을 했는데
역시 내키지 않는 일 따윈 해선 안 되는 거였다.

그랬다.
지극히 평범한 날이었다. 친구의 계략만 아니었다면.
이렇게 격식 없이 편한 '소개팅' 자리를
만들어보고 싶었다는 친구.

이 나이에, 이런 차림으로?

말끔하게 차려입은 이 남자.

격식이 없어도 너무 없는 것은 나뿐이었다.

기대도 가능성도 없는 만남.

눈 한번 질끈 감고 몇 시간만 참자, 생각하고 있는데

대뜸 자전거를 타자고?

페달을 밟는다.

그런데 왜 이렇게 심장이 빨리 뛰지?

아…… 자전거 타면 원래 심장이 빨리 뛰지?

달력 같은 날을 살았다.
새카맸고, 아주 가끔 파랬고, 드문드문 빨갰다.
그런 내 삶에 오랜만에 한 남자가 들어왔는데
자꾸 갸우뚱하는 거다.

무릎 나온 추리닝 입고 페달만 밟다 왔는데,
아, 다음엔 배드민턴을 치자고 약속한 거 말고는
별다른 대화도 없었는데…… 왜 자꾸 생각나지?
내가 너무 궁했나?

자전거를 타고, 배드민턴을 치고, 산책을 했다.
내 저녁 일상을 유산소로 바꿔놓더니
이 남자는 만나보자 했다.

몇 번의 연애를 했고
그때마다 뜨거웠고
끝날 때는 아쉬울 게 없었다.

그런데 이건 뭐지?
별달리 뜨겁지 않다.
기초 체온이 떨어졌나. 유산소를 그렇게 했는데?
다행히 심장은 빨리 뛴다.
아, 그건 만날 때마다 운동을 해서 그런가.

아무튼, 혼란스러웠다.

그래, 이만하면 됐지 싶다가
아니지, 내가 이 나이에 이 정도의 사랑을 하려고
지난 사랑에 그리 아파했나 싶다가
의식의 흐름대로 미래를 그려보다가
혼자 너무 앞서 달리다 넘어져
일어날 때마다 얼마나 부끄러웠는지를 상기했다.

눈치 없이 심장은 왜 자꾸 빨라지고
속절없이 마음은 왜 자꾸 커질까.
이게 아닌데, 이게 아닌데…… 하면서도 웃고 있는 입꼬리.

이제 와 길을 잃은 것 같다, 연애.

아, 연애…… 어떻게 하는 거였지?

습하고 더운 여름밤이었다.

전철역으로 뻗은 골목엔
달맞이 고개로 향하는 계단이 있고
노란 가로등이
넓지 않은 공간을 밝히고 있다.

너와 나는 너무 가까워서
네 턱 끝에서 툭 하고 떨어지는 땀방울 모양까지 선명했다.
아니, 툭 하고 떨어지는 순간이
나에게만 느리게 보였는지도 모르겠다.

목덜미에 닿는 간결한 머리카락 끝마다
자잘한 땀방울이 매달려
보석처럼 투명하게 반짝거렸다.
숨을 깊게 들이쉬었다.

시간은 우리 주변만 느리게 흐르는 것 같았다.
네 등 뒤로 티끌 같은 먼지들이 가로등 빛을 받아
둥둥 떠다니는데 그것마저 느렸다.

밤까지 떨어지지 않은 기온 탓인지
네 숨도 내 숨도 모두 뜨거웠다.
좀체 잠들지 않는 더위의 냄새가 달큰했다.

너는 먼저는 내 볼에 입 맞추고
살며시 입술을 포개왔다.

간헐적으로 즈즈즈 소리를 내는 가로등 빛,
여전히 훅 하고 우리를 에워싸는 공기,
멀리 들리는 자분자분한 발자국 소리,
어디선가 흘러나오는 텔레비전 소음,
툭 떨어지는 네 땀방울,
짙어지는 그림자까지도

우리를 위해 존재하는 것 같은, 그런 날.

우리를 기억하는 일

꼬깃꼬깃한 영수증이 하나 나왔다.
누구의 손을 탄 것도 아닐 텐데
시간의 힘으로 제 흔적을 지운 영수증.

고꾸라질 것 같은 가파른 계단을 타고 지하 식당에 들어선다.
일상으로 우리를 맞은 아주머니는 묻지도 않고
닭곰탕 둘, 하나는 맛있게, 라고 주방에 주문을 넣는다.

'맛있게' 만든 닭곰탕이 내 앞에,
뚝배기에 넘쳐흐를 정도의 닭곰탕이 네 앞에 놓여지고
너는 내 몫의 소금, 후추, 파를 얹어준다.

이마에 난 땀을 훔치며 후루룩후루룩 들이킨 우리는
빈 그릇만큼 행복하다.

가파른 계단을 타고 올라 하릴없이 또 걷는다.
언덕배기에 가만히 서 있어도 어딘지 기울어져 보이는
작은 슈퍼에 들러 호사를 누린다.
나는 빠삐코, 너는 죠스바.

잉크는 날아갔어도
그날을 소환하는 영수증.

고스란히 낙인된
그날이 행복인 줄, 그 일상이 귀한 줄
그때는 몰랐다.

사랑에 얼굴이 있다면, 너의 모습을 하고 있겠지

네 아픔을 잊는 데 나를 이용해

지금 이 말을 하는 게 맞는 건지 모르겠지만
또 후회하긴 싫어.

무슨 말?

나를 이용하라고.
지금 네 아픔을 잊는 데 나를 이용해보라고.

미안해. 그럴 수 없을 것 같아.

왜? 내가 싫어서?

그런 건 아냐.

그럼?

확신이 없어.
내 마음에, 내 선택에.

확신으로 시작하는 사랑이 얼마나 된다고.

지나간 사람 때문에 괴로운 게 아냐.
내가 했던, 사랑이었다는 착각,
사람을 볼 줄 안다고 믿었던 오만.
그것 때문에 괴로운 거야.

그래서……
새로운 시작이 두려워.

그런데 있잖아.
사랑하다보면 누구나 상처를 입어.
실수도 하고 속아 넘어가기도 해.

진심인 척 속인 사람이 나쁜 거지
진심이었던 사람이 나쁜 게 아니야.
사랑한 척한 사람이 나쁜 거지
사랑한 사람이 나쁜 게 아니잖아.

네 탓이 아니야.

대신 아플 수 없어서 이렇게 말해.

나를 이용해.

그런데 있잖아.
사랑하다보면 누구나 상처를 입어.
사랑한 사람이 나쁜 게 아니잖아.
네 탓이 아니야.

2장

그것이 어른의 연애라면

어른이 되지 않겠어

너에게 상처 주던 밤

알고자 하지 않았음에도
깨달아지는 것들이 있다.

너를 안았던 밤, 나는 누구에게도
이처럼 열렬하게 꾸밈없이
온전히 받아들여진 적 없음을 깨달았다.

무섭도록 뜨거웠던 숨.
맞닿은 시선.
귀 끝에서 느껴지던 너의 심장박동.
생생하게 팽창하던 공기.

너로 인해 채워지는
삶의 순간순간마다 역설적이게도
나는 내 삶에
이 정도의 온기란 없었다는 걸 알게 됐다.

네가 나를 채워주었고
동시에 내 빈 곳이 얼마나
황량했는지를 알게 되었던 것이다.

좋았다.
좋고도 두려웠다.
따뜻했다.
따뜻하고도 때때로 한기가 들었다.

내 안 가장 깊은 곳에
단단히 똬리를 틀고 앉은 네가
언제고 훌쩍 떠나고 나면
그 공허는 끝내 메우지 못할 것 같은 공포가
불쑥불쑥 나를 덮쳤다.

무서워서 도리질을 쳤다.
상처받는 것이 두려워 네게 상처를 줬다.
해결하지 못한 내 안의 상처가 네게 옮아가도록 방치해두었다.

미안해.

사랑을 제대로 주지 못했던 그 시절 너에게.
온전히 사랑하지 못했던 그 시절 나에게.

계절과 계절 사이에 헤어졌다.
몸이 아팠다.

누군가 목으로 손을 집어넣어
심장을 꽉 쥐었다가 놓기를 반복하는 것 같았다.
열이 올랐고, 목이 부어 물을 넘기기조차 힘들었다.
얼마간 앓고 밖으로 나왔을 땐 새로운 계절이 시작되고 있었다.

쓸모없어.
언제고 사그라들 감정이야.
심장이 여전히 두방망이질을 해댈 때면
나는 손톱이 손바닥을 파고들 정도로
주먹을 꼭 말아 쥐고 버텼다.

그래도 어떤 날엔 무릎이 휘청거렸다.
좋았던 우리를 꿈에서 마주하기도 했다.

오랜만에 연락해 와
"다시 만나자, 나 모든 게 엉망진창이야" 했을 때
통쾌함보다 고마움보다 동질감에 마음이 놓였다.
혼자만 괴로운 게 아니었단 사실이
알량한 위로가 되었다.

너무 괴로워 우리는 다시 만났다.

이별 직전의 우리가
서로에게 생채기를 내지 못해 안달했다면
다시 만난 우리는
서로에게 상처를 주지 않으려 전전긍긍했다.

화내지 않았다.

싸우지 않았고, 흥분하지 않았다.

이해하려고 했고, 이해받고 있었다.

처음처럼 뜨겁진 않았지만

서로가 곁에 있다는 것으로 위안 삼았다.

한 번 잃었던 경험이 있는 우리는

애썼다.

그리고

즐겁지 않았다.

이별 직후 올랐던 체온,

그만큼도 뜨거워질 수 없음을 알았다.

우리가 그리워한 건 서로가 아니라

함께 뜨거웠던 그때의 우리라는 걸 알기까지

오래 걸리지 않았다.

진짜 이별은

그렇게 왔다.

사랑을 거듭하며 알게 되는 것들

집착이

"숨 쉬듯 너를 생각하고
팔팔 끓어오르는 에너지로 사랑하는 방식"

이라 말하는 사람과 연애했다.

무관심이

"각자의 견고한 세계를 쉬이 침범하지 않는
어른의 사랑 방식"

이라 말하는 사람과 연애했다.

사랑에 얼굴이 있다면 너의 모습을 하고 있겠지

75

마음이 바람에 날려 자꾸 얼굴을 때리는 머리칼 같았다.
내 마음은 풍력계가 되어
지나간 사람의 지나간 방향으로 세차게 펄럭였다.

집착이
조각 나는 마음의 착각임을 안다.

무관심의 이면에
상처받고 싶지 않은 마음이 있음을 안다.

사랑을 거듭하며 알게 되는 것들.
상대방이 해줬으면 하는 태도로
상대를 대하는 것.

그런 태도가 사랑이라는 것.

한 번 잃었던 경험이 있는 우리는
애썼다.
그리고 즐겁지 않았다.

중요해지고 싶었다

그녀에겐 2년 사귄 연인이 있다.
짧지 않은 시간, 사랑으로 빼곡했다고 생각했는데
어느 순간 알게 됐다.

내어주는 시간을 아까워하는 남자와의 사랑이
얼마나 헛헛한가를.
기다림이 제 몫인 연애였다.

그는 말했다.

"중요한 일이야."
"중요한 사람이야."
"중요한 목표야."

덜 중요한 채로 그녀는 기다렸다.

그녀의 연인은 나중에 다 갚겠다는 말뿐이었다.
불행인지 다행인지 그사이 새로운 사람이 다가왔다.

"옆에 있어줄 수 있어서 진짜 다행이야."

"나한테 더 원하고 더 의지해.
그게 내가 곁에 있는 이유야."

"세 시간밖에 못 자도 하나도 안 피곤해.
네가 내 잠이고 보약이니까."

슬펐다.
항상 피곤하고 늘 바쁜 연인과
일과를 쪼개며 달려오는 그를 보면서 새삼 슬픔이 차올랐다.
똑같은 24시간을 사는데
받을 수 있는 사랑의 크기가 이렇게 다르다니.

흔들렸다.
그녀와 함께 있으면,
흘러가는 1분 1초도 아쉬워하는 그에게.

결국 이별을 말했다.
"바쁜 와중에도 나를 떠올리고
나와 함께 행복해지고 싶다는 사람과 사랑하고 싶어."

이제 와서
"다른 무엇보다 네가 중요해"
라고 말하는 연인에게 등을 돌렸다.

"제발 다시 돌아와."
이번엔 그가 기다리겠다고 말한다.

내가 그토록 갈망했던 그의 기다림은
이별 후에나 시작되었다.

정말로 네가 그리웠다면

정말로 네가 그리웠다면
늦은 밤,
손가락 몇 개로
차마 너를 깨우지 못했겠지.

떠난 사람의 연락에 뒤척이지 마.

네가 그리운 게 아니야.
그저 네가 쉬운 것뿐이야.

미안해.

사랑을 제대로 주지 못했던 그 시절 너에게.
온전히 사랑하지 못했던 그 시절 나에게.

어른의 연애

하루 열 번의 연락이 한 번으로 줄었다.

나의 숱한 질문에 단답으로 일관했고
나에 관해 무엇도 궁금해하지 않았다.

내가 뭘 하는지 궁금해하지 않냐, 물었을 땐
애처럼 굴지 말라고 했다.
좀 어른스럽게 연애할 순 없냐고.

사랑하는 사이에
떨어져 보내는 시간을 궁금해하고
연락을 통해 사랑을 확인하고 확인받는 게
어른스럽지 못한 연애인 줄 몰랐어.
애처럼 구는 행동인 줄 몰랐어.

너의 가장 후순위에 나를 두고
그걸 어른의 연애라 부르는 걸
참을 수가 없었다.

그런 것이 어른의 연애라면
어른이 되지 않겠다, 생각했다.

나는 그냥
애처럼 사랑하고 애처럼 연애하고 싶다.

이별 앞에서 나는 물었다, 바보같이

네가 이별을 말했다.

아니 정확하게는,
긴 침묵을 견디지 못한 내가 물었다.

"나랑 헤어지고 싶어?"
너는 "응"이라고 짧게 대답했다.

응.

그 말이 아프게 들릴 수도 있다는 걸
처음 알았다.

너의 '응'은

"나를 사랑해?"
"응, 너보다 더 너를 사랑해"
하는 고백의 말이었고,

"우리 여행갈까?"
"응, 니가 좋으면 나도 좋아"
하는 동의의 말이었고,

"우리 둘, 오래오래 함께 할 수 있겠지?"
"응, 당연하지, 나는 너랑 결혼할 거야. 꼭"
하는 약속의 말이었고,

의심할 여지없이 나를 충만하게 하는 말이었으니까.

짧고 단호한, 그러나 언제나 나를 향해
온전한 긍정을 보여주는 말이었으므로
나를 너의 세계로 끌어당기는 가장 단순한 말이었으므로
나는 그 짧은 '응'에 참으로 행복했으므로
감히 생각조차 못 했다.

사랑에 일순이 있다면, 너의 모습을 하고 있겠지

응.

이 한마디로, 우리의 연애는 끝이 났다.
그리고 나는 몇 날 몇 밤을 후회했는지 모른다.

너랑 이별한 것을 후회한 것이 아니라
너랑 사랑한 것을 후회한 것이 아니라
너에게 질문한 것을 후회했다.

나는 왜 네게 그런 질문을 했을까.
왜 나를 가장 기쁘게 하던 말을
절망의 말로 바꿔놓았을까.

아픔이 내 탓 같았다.
너와 나의 세계가 무너진 것이
바보 같았던 내 질문 탓 같았다.

내 질문이, 너의 대답이 아팠고
꽤 오래
그건 내 탓이라 생각했다.

그리고 몇 번의 사랑 끝에 이제는 안다.
'응'의 설렘,
'응'의 절망이
다름 아닌 사랑의 맨얼굴이라는 것을.

셀 수 없이 많은 설렘의 순간이
더없이 처절한 절망의 순간으로 바뀌는 것이
사랑이고 또, 이별이라는 것을.

이제 더는 후회하지 않는다.

"나를 사랑해?"
"응."

"나랑 헤어지고 싶어?"
"응."

그래. 내 탓이 아니다. 사랑이 그런 탓이다.

질문이 바보스러웠던 게 아니라
누구나 사랑 앞에서 바보가 된다는 걸
이제는 안다.

나보다 더 나를 오래 바라보고

나보다 나를 더 잘 알던

너는 이제 없다.

확신이 필요했어.
우리 사랑에, 그리고 너에게.

이렇게 깊이 누군가를 사랑해본 게 처음이라
처음 같지 않은
점점 지쳐가는 마음이 두려웠어.
내 사랑이 다한 건지 확인하고 싶었어.

다른 사람을 만나보니 알겠더라.

너만큼 누군가를
깊이 사랑하지는 못할 것 같다는 걸.

다른 사람을 만나보고 깨달았어.

너를 잃고 싶지 않은 마음,
그 마음이 진짜 내 마음이라는 걸.

너와의 사랑을 확신하는 과정이었어,
그래서 그랬어.

그럴듯한 말들이어서 헷갈렸어.
아니, 아직 정리되지 않은 마음이라 믿고 싶었어.
다른 사람을 만나보니 알겠더라, 는 너의

말 같지 않은 변명.

나를 독하다고 말하는 너에게

"너 참 독하다."

네가 먼저 돌아서고 내가 돌아섰다.
너는 알고 있었다고 했다.
내가 돌아섰을 때
두 번, 다시, 는 없으리라는 것을.

너는 내게 칼같이 돌아섰다고 비난했다.
비난 끝에는
네가 이렇게 독한 사람이라 내가 떠났다고 했다.

나는 독한 게 아니다.

뜨거울 만큼 뜨거웠고
아플 만큼 아팠고
그래, 할 만큼 했다.
그거다.

할 만큼 했다.

끓는점을 웃돌아 넘친 물이
불같았던 마음을 꺼뜨렸다.
늘 이성적이며 사느랗던 너는
나만큼 뜨거울 수 없었던 너는
괜한 잔불이 남아 뒤늦은 분노를 터뜨리는 것일 뿐.

너의 사랑이 더 애절한 것도 아니고
나의 사랑이 매몰차게 독한 것도 아니다.

나는 독한 게 아니다.
아니었다.

이별을 배운 적이 없어서

우리의 연애는
주체가 안 되는 마음을 펼쳐놓느라 바빴고

이 행성에
오직 우리 두 사람만 존재한다는 듯
세상의 다른 말들은 들리지도 않았으며

사랑, 이라는 말만으로는 부족하지만
또 달리 표현할 방법도 없어서 늘
사랑해, 나도 사랑해,
노래했다.

너와 나 둘만으로 이루어진 세계는
언제까지 찬란하고 견고할 거라고 믿었다.

시간은 흘렀고,
나란히 걷던 우리에게 거리가 생겼다.
그래, 너와 나는 변했다.

그즈음 나는 세상 온갖 말들을 끌어다
우리 사이에 대입했다.

오래 만났고 설렘은 사라졌어도
우리 사이에 끈끈하고 특별한 무엇이 있다고,
기둥과 기둥이 적당한 거리를 두어야 건물을 지탱하듯
관계에도 거리가 필요하다는 말을
애써 믿으며 수명을 연장했다.

사랑에 얼굴이 있다면 너의 모습을 하고 있겠지

연명하는 사랑은 어쩔 수 없이
아픈 몸이 내는 앓는 소리를 냈던가.

사랑을 속삭이던 나의 말들은
불평과 불만으로 변했고
변치 않음을 맹세하던 너의 말들은
짜증과 한숨으로 바뀌었다.

그래서 우리는 끝났다.

우리 사이에
천 번의 날들이 있었는데
돌아서는 데는 찰나면 되는 것이더라.

안녕, 돌아서고는 끝이었다.

누구의 잘못도 아니었고 큰 싸움도 없이
사랑은 그렇게 수명을 다했다.
할 만큼 했고 애썼다, 서로.
그러니 이별도 별스럽지 않으리라고 믿었다.

그런데, 우리의 이야기는 끝날 줄을 몰랐다.
둑이 터져 막을 수 없는 물길이 쏟아져 들어오는 것처럼
복잡한 감정이 밀려와 정신을 차릴 수가 없었다.

절망스러워 아이처럼 우는 밤도 있었다.

허기지는 게 두려워 울지조차 못하는 밤도 있었다.

어떤 밤은 그럭저럭 살아지겠다 용기가 생기다가
또 어떤 밤은 숨도 쉬어지지 않을 만큼

두렵다가
슬프다가
화났다가

내가 이런 사람을 또 만날 수 있을까,
절박하고 불안하다가
지쳐 쓰러질 것 같은 밤에도 잠에 들지 못했다.

아, 내가 이렇게 미쳐가는구나
싶은 날들이 계속됐다.

행복하지 마라, 빌었다.
그러다 문득, 코트를 골라주기로 했는데
춥게 다니지는 않을까, 걱정했다.

너도 알고 나도 알던 지인에게 초대를 받고
억장이 무너지기도 했다.

그저 그렇고 그런 관계인 사람들도
봐야 할 때는 보고 사는데
너랑은 그러지 못한다는 사실에.
너의 안녕이 궁금하면서도 물을 수 없다는 사실에.

미련일까
슬픔일까
불안일까
절박함일까
억울함일까,

그러다
여전히 사랑일까
생각한다.

착각을 했다

착각을 했다.
한 사람이 다른 한 사람의 삶을 구원할 수 있다는 착각.
사랑의 힘이 그렇게 세다는 착각.

그는 자존감이 낮은 사람이었고
받는 사랑에 움츠렸고
주는 사랑에 인색했다.

그럼에도 나는 어쭙잖은 경험으로
사랑이 충만한 내가
그를 구원할 수 있다고 생각했다.

오만이었지.

내 열심에 스스로 만족했고
만족을 사랑이라 착각했고
나의 사랑이 변함없음을 전시했다.
조금씩 변화하는 그를 보면서 성취감 비슷한 것도 느꼈다.

하지만 느닷없는 그의 한마디 말,
애초에 사랑인 적 없었다는 말에
정신이 퍼뜩 들었다.

오만했던 날들은 그의 한마디로 끝을 맺었다.

사랑에 얼굴이 있다면 펴의 모습을 하고 있겠지

그래도 얼마쯤은 정말이지 사랑이었고,
관성처럼 그를 떠올리며 하루를 시작했다.

그 모든 것들을 할 수 없게 된 지금,
바닥을 길 만큼 괴롭다.

착각을 했다.

그리고 그는 이별의 말로
내 착각과 오랜 오만을 벌했다.

밤이 끝나기를 기다리는 일

해가 지는 게 두려웠다.

조용한 방 안
창문 너머로 잘린 해가 보이면
눈물이 나기 시작했다.

불도 켜지 않았다.
어둠과 고요가 찾아온 네모의 방에서
죽음의 모양이 이럴까, 생각한다.

도저히 견딜 수 없을 것 같아
메시지 창을 켠다.

너무 보고 싶어, 나 죽을 것 같아.
지운다.

죽을 때까지 사랑한다며? 지키지도 못할 말을 왜 했어?
지운다.

내가 더 잘할게, 우리 다시 만나면 안 될까?
지운다.

혹시 다른 사람 생겼니? 그런 거야?
지운다.

우리가 어쩌다 이렇게 됐을까…… 정말 헤어져?
지운다.

나쁜 놈.
지운다.

쓰다 지우다
쓰다 지우다 결국

잘 지내?

세 글자를 써놓고
밤이 끝나기를 기다린다.

어둡고 고요한 방 구석구석 빛이 찾아들고
눈이 부셔 미간을 찌푸리게 되면
그때 보내야지.

이 밤이 지나도
똑같은 마음이면 그때.
이 밤이 지나도
똑같은 그리움이면 그때.

그리고 나는
끝내 메시지를 보내지 않았다.

이렇게 수십, 수백 번의 밤을 보내고 나서야
비로소 나는 너를 놓았다.

밤이면 메시지를 적는다,
밤이 끝나기를 기다리면서.

너와 헤어지는 일은
밤이 끝나기를 기다리는 일과 같았다.
차마 못다 한 말들을
꿀꺽 삼키는 일과 같았다.

스물에 만나 함께 서른이 됐다.
그사이 너는 군인이 됐고, 유학생이 됐고, 직장인이 됐다.

서른이 되던 해
나는 너에게 프러포즈를 했다.

우리의 긴 연애사를 아는 모든 이들이
세상에 통 없는 일을 경이하듯
우리를 축복했다.

나만큼 너도 행복하겠지.
나만큼 너도 나를 사랑하겠지.
나만큼 너도 우리의 때를 기다렸겠지.

그런데 그런 그가
"다른 사람이 생겼어"라는 말로 이별을 말했다.

결혼을 앞두고
나는 나의 사랑을 완성했다고 생각했고
너는 우리의 사랑이 끝났다고 결론지었다.

잠깐의 흔들림 아니냐고 물었다.
우리의 시간이 10년인데
고작 몇 달 좋아한 사람한테 가겠다는 거냐고.

너는 그 사람과 다시 못 본다는 생각을 하니
평생 후회할 것 같다고 했다.

나만큼 잘 아냐고 물었다.
나만큼 널 잘 알고 날 아는 만큼 그녀를 잘 아냐고.

너는 많이 아는 게 꼭 사랑은 아닌 것 같다고 했다.
그녀를 더 알고 싶다고, 놓아달라고.

나는 차마 놓을 수가 없어 주먹을 꼭 쥐었다.
우리의 시간, 우리의 추억을 동아줄 삼아 매달렸다.
미친 사람처럼 내게 돌아오라고 읍소했다.
우리의 긴 연애를 경이하던 이들에게 너의 배신을 고발했다.

미안하다는 말뿐이었다.
길에 주저앉아 아이처럼 우는 나를
너는 일으켜주지도, 달래주지도 않았다.

내 눈물 한 방울에도 어쩔 줄 모르던
너는 거기에 없었다.

어떻게 해도 너는 돌아올 줄 몰랐고
어떻게 해도 나는 널 놓을 수가 없었다.

놓지 못한다는 이유로
새로운 사랑을 시작한 두 사람에게 나는
가해자가 되어 있었다.

안다, 나는 끝난 사랑을 받아들이지 못했고
그래서 나쁜 사람이 되었고
너와 새로운 그녀는
나, 라는 장애물을 함께 넘으며
애틋하고 절절하고
그래서 더 단단한 사이가 되겠지.

한 번도 생각하지 못했다.
우리의 끝이 이렇게 다를 수 있다는 걸.

내 미련을 생각한다

만날 바쁘다고 옷장 정리를 미루다가
한 날, 옷장을 뒤집어엎었다.

눈은 감기고 몸은 피곤한데
그날 그 순간 매일같이 보던 옷장을
정리하지 않고는 못 배기겠는 거다.

작은 방 가득, 발 디딜 틈 없이 옷이 쌓인다.
이 묵은 것들은 다 어디서 나왔나.
어떻게 끌어안고 있었나.

하루 종일 씨름한 끝에
큰맘 먹고 겨우 고른 버릴 옷들을 보니
기가 찼다.

이제는 몸이 들어가지 않을 만큼 작아진 원피스.
입고 밖에 나갈 수 없을 만큼 낡고 부예진 재킷.
선물해준 이의 얼굴도 가물가물한
처음부터 내 취향이 아니었던 셔츠.
……이렇게 고작 세 벌뿐이라니.

저 옷장이
남은 내 미련 같구나, 깨닫는다.

꺼내 입을 수도 없고
정리할 때마다 버겁고
볼 때마다 촌스러운 것들을
작은 공간에 끌어안고 전전긍긍.

그렇지만 이리 살펴보고 저리 살펴보고
언젠가는 아쉽고 그리울지도 몰라,
언젠가는 빛을 발할 날이 올지도 몰라,
하며 끝끝내 버리질 못한다.

골라져 나온 세 벌의 옷을 보면서
나의 미련을 생각한다.

너와 헤어지는 일은
밤이 끝나기를 기다리는 일과 같았다.
차마 못다 한 말들을
꿀꺽 삼키는 일과 같았다.

끝나지 않을 것 같던 순간도 끝은 오고
식지 않을 것 같은 감정도 무뎌지는 때는 오더라.

그렇게 또 한 페이지가 넘어감을
스스로 응원하는 것.

너의 마음은 참 나빴다

"왜 화났는데?"

"화난 거 아니야."

"화났잖아."

"……"

"너 내가 그거 좀 하지 말랬지?"

"내가 뭘?"

"표정 없이 뚱한 거.
그게 얼마나 사람 숨 막히게 하는 줄 알아?"

"그럼 웃어 계속?"

"꼭 이렇게 마음을 불편하게 만들어야겠어?"

"……."

대화 끝에 나는 꼭 말을 잃었다.

어쩌면 너는 나보다 더 잘 알고 있었다.
내가 웃지 못하는 이유를.

"진짜로 웃길 때는 네가 '하하하'나 '깔깔깔'이 아니라
'끅끅끅' 하고 웃는 거 알아?"

"뭔가 골똘히 생각할 때 아랫입술이 윗입술을 덮는 거,
그게 너무 귀여워."

"말문이 막히면 코를 찡긋하더라? 너도 몰랐지?"

125

웃는지, 우는지, 찡그리는지,
즐거운지, 지겨운지, 편안한지, 나른한지

나보다 더 나를 잘 알던 너였다.

내 작은 표정 변화 하나에도 안절부절못하던 네가
권태로워 견딜 수 없다는 얼굴이 되었을 때
나를 보던 시선이 내내 휴대폰을 향할 때
그때 알았어야 했다.

화도 내봤고, 울어도 봤고
머리 스타일도 바꿔보고, 안 입던 원피스도 입어보며
안절부절못했다.

소용없었다.
더 이상 너는 나를 보지 않았다.

나보다 더 나를 오래 바라보고
나보다 나를 더 잘 알던 너는 이제 없다.

대체 왜 화가 난 거냐고,
왜 사람 마음을 불편하게 하냐고 했던
너의 말은 다 옳았다.
그러나 너의 말은 나빴다.

아니다,
너의 말은 다 옳았다.
그러나 너의 마음은 참 나빴다.

흠으로 남았다

더 이상 설렘이 없다며 그가 이별을 말하자
그녀가 참았던 말을 꺼냈다.

"나도 알아, 너의 새로운 사람…….
그 사람이랑 잘해볼 생각이야?"

그는 말했다.

"글쎄, 한 여자랑 7년이나 연애한 남자,
좋아할 여자는 흔치 않을 테고
너만큼은 아니어도 나한테도 흠이 되겠지."

"지키면 사랑이잖아.
깨서 흠이 되는 거잖아.
왜 사랑을 흠으로 만들어?"

"지키는 게 아니라 견디는 거겠지.
사랑이 아니라 의무고."

지금 느끼는 새로운 설렘도 한때라고
그 감정도 지긋지긋해지는 순간이 온다고
익숙함이 곧 사랑이 식었다는 의미는 아니라고
의무도 사랑의 다른 모습 아니냐고.

한 번 더 붙잡던 그녀는 손을 놓았다.

사랑은 흠으로 남았다.

사랑에 얼굴이 있다면, 너의 모습을 하고 있겠지

4년의 시간은 흐르기 전에 예상했던 것보다
훨씬 빠르게 지나 있었다.
다시 마주 앉은 당신은 한참 만에야 어렵게 말을 꺼낸다.

한때 내가 간절히 듣고 싶었던 말.

아니, 이렇게 당신의 목소리가
칼처럼 깊숙이 내 귀에 꽂히기 직전까지만 해도
막연하게 기대하던 그 말.

"너를 잊은 적 없어."

그 후 몇 번의 사랑을 했지만
그때마다 확인한 건
다시 네게 돌아가야 한다는 사실이었다고.

조금 더 어렸으면 나는 기뻤을까.
내민 손을 덥석 잡았을까.
가슴이 들썩였을까.
우리, 특별하다고, 운명이라고 간단하게 믿었을까.

그런데 나는 조금도 기쁘지 않았다.
이별의 순간을 곱씹던 날들 내내
간절히 기다려온 말임에도 불구하고,
상상 속 상황이 실제로 펼쳐졌음에도 불구하고,
기쁘지 않았다. 도리어 착잡했다.

그렇게 이 순간을 기다려왔음에도.

사랑에 얼굴이 있다면 너의 모습을 하고 있겠지

이별이 찾아오고 고통이 시작되고
분노하고 슬퍼하고 기다리고 지쳐 잠들고
다시 희망을 품고 금세 절망했던 시간들.
그럼에도 나는 내가 당신을 사랑했다는 사실이 좋았다.

하지만 나를 떠나고 나서야 나를 떠올리고
다른 이를 사랑하고 나서야
나를 사랑했다는 당신의 말이
비로소 모순으로 느껴졌다.

"나도 너를 잊은 적 없어.
그래서 이제는 잊을 수 있을 것 같아."

너무 다른 고백이었다.

조금 더 어렸으면 나는 기뻤을까.

내민 손을 덥석 잡았을까.

우리가 운명이라고 간단하게 믿었을까.

오늘을 보낸 그대,

애썼어요.

3장
—
여전히 사랑은 어려워서

왜 헤어졌어?

이별 후 가장 난감한 건,
"왜 헤어졌어?"라는 질문이었다.

나조차도 받아들이지 못한 이유를
충분한 합의가 이루어진 듯 말하고
내 의지도 조금은 있었던 것처럼 대답해야 했다.

북받쳐 처절하게 얘기하면
스스로가 초라해지고,
담담하고 쿨하게 얘기하면
그것도 영 짠해 보일 것 같았다.

끝난 관계지만 한때는 사랑했던 이를
사랑했던 방식대로 감싸고 드는 나를 발견하거나

이별의 책임을 모질었던 상대에게 돌리고 난 날엔

그런 사람을 선택한 나 자신과

이 관계를 지키고자 들였던 내 시간과 노력과 갈래갈래 마음이,

끝없이 하찮아져, 서러웠다.

왜 헤어졌냐는 말에,

"……글쎄."

되물었다.

왜 헤어지게 됐는지 제대로 알았다면

이렇게 헤어지지 않을 수도 있었을까.

아니 제대로 알고 있어서 결국

헤어지게 되었을까.

왜 헤어졌냐는 물음에,

그래서 나는 되물을 수밖에 없었다.

"……글쎄."

나를 가해자로 만드는 사람과는

스스로에게 지나치게 관대한 것을
자기애라고 생각하는 사람이 있다.
자존감이라고 믿는 사람이 있다.

그런 사람 곁에 있으면
때때로 원치 않게 나는 가해자가 된다.

자기애의 영역을 침범하는 사람.
자존감의 벽을 허무는 사람.

관계 속에서 진작 상처받은 것은 나인데
참고 참고 참아오다
더 이상 상처받지 않기 위해 던진 한마디로
관계는 쉽게 금이 가고 만다.

내 상처를 드러내는 작디작은 표현에도
자기애,
자존감
운운하며
졸지에 나를 가해자로 만든다.

더 이상 가해자가 되지 않을 일이다.
스스로에게만 관대한 이에게
나의 관대함을 낭비하지 않을 일이다.

그런 사람과는
더는 사랑하지 않겠다.

마음은 사과 상자 같아서

마음은 그저 사과 상자랑 같아서
멍든 사과가 한 개만 있어도 곧 두 개로 세 개로
종국에는 상자 전체로.

치명적으로
멍이 옮겨 붙는다는 걸 알고 나서야
도려내는 것을 생각했다.

관계를 끊어내는 데 유독 어려움을 느끼는 까닭이
처음엔 인정 욕구 때문인 줄 알았고
존재의 공백에서 오는 두려움인 줄 알았고
함께 채운 시간이 남긴 공허인 줄 알았다.

솔직해지자고 드니
관계를 끊어낼 때 가장 힘든 건
이 관계를 선택했던 나 자신을 부정해야 하는 것이었다.

나는 나를 부정할 수 없어서
힘든 관계들을 내버려두었다.

골라낼 여력도 없어
상자가 통째로 멍들고 썩어가도 내버려두는 것으로
인내 삼고 순애보로 여겼다.

도려내고 볼 일이다.
끊어내고 볼 일이다.

마음은 그저 사과 상자 같아서
멍든 것 하나
미련 없이 꺼내야 한다는 걸 이제야 알게 되었다.

너는 부러진 바늘이 되었다

여남은 살이었나.
할미의 엄마는 밭에 나가고 나는 남아서 걸레를 빠는데
뭐가 뜨끔 하는 거야.
걸레에 바늘을 찔러둔 걸 모르고 바락바락 빨았던 게지.

손바닥을 파고 들어간 바늘을 잡아 뽑는데 뚝 부러져.
손을 치켜들고 의원으로 뛰어갔더니 그러데.
이거 못 찾아.
이미 몸에 들어간 바늘은 도망 다녀서 찾을 도리가 없어.

처음엔 무지 아픈 거 같았지.
옆구리가 쿡쿡 쑤시는 거 같고 가슴이 콕콕 찔리는 거 같고
온몸이 막 따끔따끔해. 열도 나나 싶고.
아, 무섭더라구.

그래도 어려서 그랬는지 얼마 안 가 잊어버렸어.
몸에 바늘을 갖고 살게 된 거지.

여남은 살쯤의 나는
칠십이 넘은 할머니 무릎에 앉아 이야기를 들었다.
그래서 바늘은 어떻게 됐어요?

한참이 지난 어느 날인가 발등이 툭 불거져서는 막 아파.
고름이 차오르는데 이유를 몰라 병원에 갔지.
째보더니 의사가 물어.
바늘이 있네요?
녹 하나 안 슬었네. 언제 찔렸어요?

그때는 내 몸에 바늘이 있다는 것도
까맣게 잊었을 때야.
어릴 때 박힌 바늘을 어른이 다 돼서 뽑았지.
속이 다 시원하데.

이야기를 들으며 상상했다.
바늘에 찔리는 순간,
바늘이 몸속을 돌아다니며 여기저기를 찔러대고
끝내 몸 밖으로 나오는 순간의 생생함을.

할머니도 참,
바늘을 품고 살다니.

여남은의 나는 그게 살면서 쉬이 생기지 않는
픽이나 특별한 일인 줄 알았다.

사랑이 끝났다.

연애의 끝은 늘 느린 쪽에게 잔인하고,
끝을 맞이한 나는 이제쯤 안다.

사랑한 기억을 안고 사는 일이
바늘을 품고 사는 일과 다를 바 없다는 걸.

무릎을 내어주시던 할머니는 곁에 없고
나는 묻는다.

할머니, 여전히 나는 아파요.
옆구리가 쿡쿡 쑤시는 것 같고 가슴이 콕콕 찔리는 것 같고
열이 나는 것 같고 온몸이 막 따끔따끔해요.
그런 밤이면 괜히 겁이 나요.

언제고 내 안에 바늘이 있다는 걸
잊고 사는 날이 오긴 올까요?
마침내 뽑아버리고,
아 속이 다 시원하다, 하는 날도 오긴 올까요.

사랑한 기억을 안고 사는 건
부러진 바늘 하나 몸속에 품고 사는 일.

뾰족했던 통증도 무뎌지고
내 몸의 일부처럼 그렇게 받아들이는 일,
뽑혀 나오면 그게 새삼스러워질 만큼
그렇게 잊고 살기도 하는 일.

부러진 바늘 하나가 온 몸 을 휘 젓 는 그 런, 일.

그 밤, 오래 울었다

나처럼 별 볼 일 없는 엄마한테서
어떻게 너처럼 대단한 딸이 나왔지?
엄마는 습관처럼 말했다.

전화기 너머 들릴 듯 말 듯한 그의 말이,
한숨 섞인 이별의 말임을 확인한 그 밤.

나의 사랑은 애저녁에 끝이 났으니
너의 사랑은 오롯이 너의 몫이라고
너는 왜 계속 뜨거워서 나를 나쁜 사람으로 만드느냐고.

그 원망 섞인 말에 나도 나 자신이 원망스러워
아, 정말이지 어쩌할 바를 몰랐다.

열다섯 이후로 엄마 키를 넘긴 나는,
큰 몸집을 웅크리고 기어이 엄마 이불 속에 기어들어 가
엄마 품에 얼굴을 묻고 울었다.

오늘만 울고 내 일 부 터 는 안 울 게, 진 짜 야.

들기름 냄새 같은 것이
희미하게 풍겨오는
엄마의 앞섶을 펑 하니 적시며
그 밤, 울었다.

백일까지 하도 울어
품에서 내려놓질 못했다는 딸은
여전히 품에서 애처럼 울고
딸보다 작아진 엄마는 말했다.

나처럼 별 볼 일 없는 엄마한테서
어떻게 너처럼 대단한 딸이 나왔는지.

네가 대단해서 그렇게 뜨거운 거라고.
네가 더 많이 사랑하고 더 오래 좋아하는 것은
미련한 게 아니라 대단한 거라고.
비극이 아니라 기쁨이라고.

일찍 쇠한 게 슬픈 거지,
오래 뜨거운 게 슬픈 게 아니라고.
그러니 그냥 울라고.

그래서 그 밤, 오래오래 울었다.

모든 게 잘못된 것처럼 느껴지는 시간

다정한 시선을 보냈다.
열심히 끄덕이고 곱씹고 함께 아파하면서
마음을 쓰는 데 주저함이 없었다. 나는 아낌이 없었는데

모든 게 다 잘 못 된 것 처럼 느껴지는 날.

눈 맞춤과 온기를 실어 보냈던 마음들이
하릴없이 뒹 굴 고 있 는 것처럼 느껴지는 날.

배신이라 말하기 거창하고
무심하다 탓하기 지치는 그런 때.

모 든 관 계 는 참 어 렵 다.

사랑에 얼굴이 있다면, 너의 모습을 하고 있겠지

그때는 그때로 놓아둬

네가 슬픈 건
그 사람을 잃어서가 아냐.
그 사람과 사랑했던 그때를 잃어서지.

그러니,
다시 돌아온다고 해도 잡지 마.

다시 돌아갈 수 없는 때를,
다시 지펴지지 않는 사랑을 확인하며
아픔을 반복할 뿐이야.

그때는 그때로 놓아둬.

지나가게 그저 놓아줘.

사랑에 얼굴이 있다면 너의 모습을 하고 있겠지.

영원할 것이냐는 물음

가지 끝에 매달려 있던 계절이 떨어졌다.
안심한다.
을씨년스러운 가지들이 위로가 되었다.

되뇌어 묻는다, 영원할 것이냐고.

믿을 수 없게 쫙 갈라져버린 관계의 금.
그로 인해 상처받은 마음.
왜 틀어졌는지 알 수 없어 전전긍긍했던 밤.

결국 나는 아무와도 온전히 지속적으로
감정을 나눌 수 없는 부류의 인간인가 되물으며
좌절했던 시간.
상실의 공포, 공포.

가지 끝에서 떨어져 나온 계절이 말해준다.
그리하여, 영원할 것이냐고.
당장의 아픔도 상처도 공포까지도
영원할 것이냐고.

자고 나면 새날.
자고 나면 새 바람.
자고 나면 떨어지는 계절, 그리고 풍화하는 기억.

영원하지 않다.

떨어져 나간 계절에 용기를 얻는다.

빨간불의 적정 타이밍

1년 만에 후배 S를 만났다.
짧았던 단발은 아주 조금 길어 있었고
표정은 한결같이 밝았다.

4년 동안 만나온 남자 친구와 이별을 했고
두 번의 썸을 탔고
한 번의 짧은 연애를 했다고 했다.
변화무쌍한 1년의 이야기를 하는 그녀는 반짝반짝했다.

앞뒤 가리지 않고 좋은 것만 보였을 50일의 연애는
"너는 좀 다를 줄 알았는데……"라는
말 한마디로 종지부를 찍었다.

그녀는 남들보다 조금 일찍,
기민하게 가동하는 빨간불을 가지고 있었다.
한 발 내딛는 데 신중했고,
빨간불이 켜지면 바로 발길을 거뒀다.

기민한 빨간불에 멈춰 설 줄 아는 그녀는
스스로를 지키는 방법을 잘 알았다.

그러면서도 솔직하게 털어놨다.
아무도 없는 지금 여러모로 좋지만
자신이 원하는 삶의 모습은
누군가와 사랑을 나누는 것이라는 걸 부정할 수 없다고.

사랑에 얼굴이 있다면 너의 모습을 하고 있겠지

친했던 친구 J는 왕왕 내게 물었다.
내 문제는 뭘까.

또 곧잘 말했다.
'스스로 좋은 사람이 되어야
좋은 사람을 만날 수 있다'는 말이 끔찍하게 싫다고.

상처받는 사랑을 반복하는 이유를 찾는 데
몰두해 있던 그녀였다.

그녀는 쉽게 뜨거워졌다.
연인을 만나러 왕복 네 시간 거릴 버스를 타고 달려갔고
너 하나쯤 책임질 수 있다는 말에 일을 그만두고
연인 곁에 자리를 잡았다.

싫증을 드러내고 탓하는 말에 상처받으면서도
언젠가 그가 다시 처음 같아지기를
기대고 바라고 또 애원했다.

타이머가 망가진 빨간불을 가진 그녀는
간혹 들어오는 빨간불을 대수롭지 않게 여겼다.
그래서 그녀에겐 남은 상흔이 컸다.

그때의 나도 사랑이 어려워서
마음이 어려워서 질문에 제대로 답해주지 못했다.

하지만 비로소 이제 조금 알겠다.

어쩌면 좋은 사람이 되는 것보다
좋은 사람을 알아보는 눈을 키우는 것보다
빨간불의 고장 난 타이머를 고치는 일이 더 중요하지 않을까.

그래서 당신의 빨간불이 적절한 타이밍에 작동하는지,
빨간불이 들어왔을 때 발길을 멈추고 돌아볼 수 있는지가
다른 무엇보다 먼저 돌아봐야 하는 '문제'이지 않을까.

누군가를 사랑하면서도
당신 스스로를 사랑하는 방법은 빨간불 속에 있다고 믿으면서.

친구에게 오랜만에 전화를 걸고 싶은 밤.
나의 상처를 털어놓고 싶은 밤.

관계를 끊어낼 때 가장 힘든 건
이 관계를 선택했던 나 자신을 부정해야 하는 것이었다.
나는 나를 부정할 수 없어서
힘든 관계들을 내버려두었다.

나를 지키기 위해 버려야 할 것들

✔ 처음의 너, 라는 환상
✔ 네가 아니면 안 될 것 같다는 착각
✔ 가지지 못한 것에 대한 욕망
✔ 혼자 남겨지는 것에 대한 공포

버리기로 했다.

이것들을 버리기 전의 나는
마주 보고 있어도 공허했고
기다리고 있어도 불안했고
사랑을 속삭여도 외로웠다.

나를 사랑했던 너는 이미 없고
너를 사랑했던 나도 점점 과거가 된다.

나를 지키기 위해
버려야 할 것들.

내일은 조금 나아져요, 거짓말처럼

Q.
시간이 약이라는 말은 들었어요, 혹시 다른 약은 없나요.
벌써 몇 달이 지났는데
나는 아직까지 하루에도 수백 번은 생각하는 것 같아요.
다시 잘해보고 싶지만 이미 너무 멀리 와버렸고
그 사람은 잘 지내는 것 같아, 할 수 있는 게 없네요.

시간이 지나면 잊을 수 있을까요?
얼마나 더 지나야 잊힐까요?
시간 말고는…… 없을까요?

A.
사랑했던 사람을 잊어야 한다는 게 참······ 그래요,
슬프죠.
사랑도 그러하지만, 이별을 가르쳐주는 곳도 없더라고요.
그래서 우리는
이별에 서툴 수밖에 없어요.

처음엔 시간이 약이라는 말이 저주스러워요.
시간이 약이라는 말을 만든 사람은
무책임하고 무자비하다고 생각했죠.
시간이 어떻게 약이 되는지,
얼마만큼의 시간이 비로소 약이 되어줄 수 있는지.
믿을 수 없어서 의심하느라 더 힘들었어요.
나도 그랬어요.

그래서 이렇게 얘기해주고 싶어요.
오늘이 가장 힘든 날이에요.
처절하지만 다행이기도 해요.

애쓰세요, 애써 오늘을 보내세요.
밤을 지나면 내일은 조금 나아져요.
거짓말처럼, 조금.

내일이 되면 또,
조금 나아진 오늘이 가장 힘든 날이구나, 생각해요.
다음 날이 되면 또, 조금 나아져요.
그렇게 조금씩, 조금씩……
그렇더라고요.

오늘이 가장 힘든 날이에요.
그러니 잘 보내줘요, 오늘을.

오늘을 보낸 그대,
애썼어요.

순간의 특별함을 아는 사람을 만나
사소함에 가슴이 뛰는, 그런 사랑.

식은 네 마음을 인정하기 싫어서

다투기 싫어서
심리학책을 뒤적였다.

속마음을 물을 수 없어서
노랫말 속을 헤맸다.

너의 진심을 가늠하느라 애쓰던 때엔
마주 보고 물을 용기조차 내지 못해
괜한 수고를 반복했다.

인정하기 싫어서
나는 나를 다그쳤다.

뻔히 나와 있는 답을 모른 체하며
답을 찾는 척 분주했다.

그땐 왜 몰랐을까.
식은 네 마음을 인정하면 되는 것을.
붙잡고 애쓰는 게 능사가 아님을.

사랑이 아팠던 날

도수가 맞지 않는 안경 바꾸는 일을 미루고
답답함을 일상으로 견뎠다.

핸드폰 액정이 와사사 깨졌는데
보기엔 좀 심란해도 특별히 안 보이는 덴 없으니
깨진 대로 또 몇 달.

"안 불편해?"
"위험하지 않아?"
보는 사람마다 묻는데, 불편하고 위험한 것보다
반복되는 질문이 성가시다 생각했다.

새 안경을 맞췄다.

눈에 맞는 안경을 쓰고 또렷해진 바닥을 휘 걸어본다.

오래 걸리는 일이 아니었다.

세상이 새롭게 보였다.

불편한 걸 얼마나 오래 견디고 있었나,

나의 아둔함을 자책했다.

핸드폰 액정을 갈았다.

떨어뜨려 금이 간 건 내 탓이니까,

부채감으로 끌어안고 있던 깨진 액정이

5분도 안 돼 새것처럼 반짝인다.

견뎠던 시간을 돌아본다.

맞지 않는 것에 나를 맞추며 견디는 것.
내 탓이니까, 애초에 잘못은 내게 있으니까
그러므로 가혹한 현재를 이어가는 것.

엄두가 나지 않아 차일피일 미루어가며
나의 불편엔 무감한 것.
그렇게 나에게 또 상처 주는 것.
상처에 익숙해지도록 만드는 것.

성가시긴 했지만 길지 않은 시간을 들여
소소한 몇 가지를 바꾸고 보니
겨우 보이기 시작한다.

내 미련,
내 관계를 생각하게 된다.

사랑이 아팠던 날이었다.

덮어두고 지나가지 않기

삶은 온갖 사건들의 연속이고
넘기기 바쁜 두꺼운 책 같아서

오늘 받은 상처쯤은 덮어두고 넘기기 급급했다.

그러나 급하게 넘긴 페이지 하나가
구겨지고 찢긴 페이지를 펼쳐놓는다.

덮어두면 없던 일이 되겠지 했던
어느 평범한 하루의 크지 않았던 상처는
구겨지고 찢어진 페이지 같아서
작은 바람에도 불쑥 펼쳐진다.

덮어두기보다, 다음 장을 넘기기보다
구겨지고 찢긴 페이지를 잇고 붙이고
공들여 반듯하게 매만진 뒤
다시 넘겨둬야 한다.

그리하고 나면
온전치는 않아도 바람 정도엔 끄떡없는
페이지가 되어 있겠지.

책이 아니라
나에게 하는 말.

마흔, 사랑이 어려워서

여자는 사랑에 능숙한 적은 없었지만
그랬기에 오히려 많은 걸 알게 됐다.

처음엔 잠시 망설였다, 처음 보는 세상이었다.
따뜻한 바람이 발길을 이끌었고 달콤한 것들이 넘쳐났다.

그 안에 들어가
두 발을 딛고 서다 뛰다 신나게 놀다 보면
내 세상은 사라진 채 온데간데없고
초대받은 새 세상엔 더 이상 초대한 이가 없었다.

몇 번이나 반복했을까.
초대받은 세상에 혼자 남겨지는 일.

여자는 새로운 사랑을 시작했다.
그간의 만남과 헤어짐을 통해 깨달은 건
훈풍이 손짓해도
달콤한 것들이 난무해도
두 발을 다 들여놓으면 위험하다는 것이었다.

초대받은 세상에 혼자 남겨질 때를 걱정해야 했다.
다시 본래의 내 세상을 찾기까지
쓸쓸하고도 숨찼던 시간을 떠올려야 했다.

적당히 한 발을 담그고
너무 따뜻하지도 너무 달콤하지도 않게
내 세상은 옹글게 지키며 그렇게 사랑하겠다.
그녀는 다짐했다.

말을 듣지 않는 마음이
이미 저 발치까지 내달릴 때마다
붙잡는다.
말린다.

마흔,
여전히 사랑은 어려워서.

인정하기 싫어서
나는 나를 다그쳤다.
그땐 왜 몰랐을까.

식은 네 마음을 인정하면 되는 것을.
붙잡고 애쓰는 게 능사가 아님을.

미움도 아까운 이로부터 나를 지키는 법

"내가 너를 자를 수 있어"라는 말을 들은 날,
방에 장거울을 들였다.

도움을 필요로 할 때는 무관심으로 일관하다가
겨우 다른 사람을 도와줄 수 있게 되자
한 번씩 나타나 "너는 왜 나를 무시하냐" 묻는 사람이었다.

처음 이 말을 들었을 때는 원망도 있었으나
소통 가능성이 열려 있다 싶어
희망을 품기도 했다. 순진했다.

다시 기대하고 기대면

또 귀찮아하며 회피하기를 반복하던 이였다.

무관심에 무관심으로 응대하면

노여워하며 손가락질을 하고

내 쪽에서 손을 내밀면 화들짝 내민 손을 거두던 그런 사람.

미워할 가치가 없어 장거울을 들였다.

창으로 저녁 해가 길게 찔러 들어오는 시간이면

거울에도 황금빛이 반짝였다.

작은 상에 앉아 물에 말은 밥을 느릿하게 퍼 넣는 정수리.

웅숭그리고 앉아 손톱, 발톱을 정리하는 등허리.

대자로 누워 달달달 흔드는 발바닥.

차려입고 서면 나팔꽃이 피듯 피어나는 기분.

장거울에 내가 담겼다.

방 안에 장거울을 들이고부터 나를 더욱 살폈다.
나를 해하는 말로부터 나를 지켰다.

조각구름이 흘러가는 날도 있었고
비가 내리는 날도 있었다.
해가 긴 날도, 짧은 날도, 유난스럽게 침침한 날도
그렇게 거울 속에서 지나갔다.

변함없는 건 그저 나였다.

매정했던 당신에게 고마워

시간의 힘으로 알게 되는 것들이 있어요.

죽을 만큼 힘들었어요.
아니 진짜 죽을까, 생각했어요.
내가 죽으면, 그는 나를 돌아봐줄까.
나를 어떻게 기억해줄까.

냉장고 안에 넣어두고 영영 잊어버린 우유처럼
허옇게 엉겨 붙은 감정들이
오래도록 내 마음을 끈적이게 했어요.
아픔도, 슬픔도
끝끝내 죽는 순간까지 이고 지고 가는 것이려니 했어요.
체념이었던 것 같죠.

고통 속에서도 시간은 흐르고
그 무렵 새로운 사람이 나타났어요.

생각해보니,
우리의 사랑은 수명을 다했고
놓지 못해 붙들고 있을 뿐이었고
그때 나를 매몰차게 내친 건
차라리 그의 용기였어요.

손끝으로 전해지는 온기에, 엉겨 붙어 있던 마음들이 녹았고
다시 가슴이 뛰기 시작했을 때
죽을 때까지 이고 지고 가야 하나, 싶었던 슬픔이
하나둘 덜어졌어요, 거짓말처럼.

시간의 힘으로 알게 된 것이 있다면
지금은 매몰차게 나를 내친 그에게
고마워한다는 거예요.

그때 내 눈물을 모른 척해줘서.
길에 주저앉아 고집부리는 나를 끝내 일으켜주지 않아서,
흔들리지 않고 뒤돌아봐주지 않아서
고맙다고.

이별은 당시엔 감당하기 어려운 아픔이었으나
지금은 참말 다행이라고.
이별의 말을 꺼낸 그에게
배신이라 말했지만 그건 사실 용기였던 것 같다고.

그래서 지금 내게 새로운 사랑이 있다고.

이별의 다른 말은 용기이며
또 다른 사랑이더라고.

4장

순간의 마음들을

이렇게, 나눠요

이날들이 참 좋았다고 말할 수 있기를

셀 수 없는 숱한 이유로
표현할 수 없는 숱한 감정들로

시간이 지나
이날들이 참 좋았다고 말할 수 있기를.

유독 밤공기가 좋아지고
가슴은 두근거리고
기분은 들뜨고
누구라도 붙잡고 이야기가 하고 싶고
배꼽에서부터 전해오는 기분 좋은 느낌이

살아 있음을 느끼게 했다고
기억할 수 있기를.

이별은 아팠지만
사랑은 참 좋았다고.

그 좋은 날들에 넘쳐흘렀던 감정의 풍요를
웃으며 떠올릴 수 있기를.

여전히 미련이어서

아무에게도 말할 수 없었다.

너는 나빴다.
오랜 시간의 믿음을
한순간 거짓으로 바꿔놓고도 나를 탓하기 바빴다.

믿을 수 없어 힘들었고
털어놓지 못해 외로웠다.

아끼는 친구가 나와 비슷한 일을 당하고
어떻게 해야 하냐 물었다면
나는 당장 헤어지라고 했을 터였다.
정해진 답을 못 찾느냐며 힐난했을 터였다.

그래서 혼자 아팠다.
아무에게도 털어놓을 수 없어서.

객관적인 답은 알겠는데
그건 너를 관통한 답은 아니니까.
너와 나 사이,
너와 내가 보낸 순간들을 대입해 내놓은 답은 아니니까.
그렇게 또 한 번 나는 주춤한다.

알고 있어도 답을 적지 못하고
다른 답을 찾아본다.

여전히 놓지 못해서
남겨진 마음이 미련이어서.
말할 수 없는 문제를 안고 혼자 운다.

사랑하는 어떤 방법

살얼음판 위에 서 있는 것 같았다.
내가 선 곳이 단단하다는 믿음도 없으면서
한 발 딛기도 겁이 나
꼼짝달싹이 힘들 만큼.

내 관계는 얄팍하고
쉽게 깨지고 늘 차가웠다.

나한테 문제가 있는 걸까,
오랜 시간 자책했다.

나한테 문제가 있었다.
정작 나를 아끼지 않은 문제.

애쓰고 아끼고 살펴야 하는 건
무수한 관계가 아니라 단 하나,
나 자신임을 깨달은 후
살얼음 같던 날들에 훈풍이 불어오기 시작했다.

그렇게
내 안의 온기만으로도
지나간 사람을 아쉬워하지 않게 되었다.

그래 사실
나는 너만 보면 웃음이 난다.

웃을 일이 아닌데도
자꾸만 자꾸만 웃음이 났다.

책장을 넘기는 힘

그거면 된다.

끝나지 않을 것 같던 순간도 끝은 오고
식지 않을 것 같은 감정도 무뎌지는 때는 오더라.

고통이 반드시 성장시키는 것은 아니고
상처가 반드시 단단하게 만드는 것은 아니지만
이 순간도 지나가는 일임을 믿어 담담해지는 것,
그러다 보면 어느 순간 단단해져 있는 것.

그렇게 또 한 페이지가 넘어감을
스스로 응원하는 것.

그렇게 한 장을 마치면 그다음엔
또 한 장.
또 한 장.

책장을 넘기는 힘,
그거면 된다.

꽃이 지고 다시 피어나는 것처럼

황황한 표정으로
3년의 연애가 끝났다고 말하던 네 모습이 눈에 밟혀.

어떻게 살아야 할지 막막하다고 했던 말도.
누군가에게 다시 사랑받을 수 있을까 불안하다는 말도.
어디서부터 잘못된 걸까 지난 시간을 곱씹던 말도.
다시 돌아오진 않을까 지푸라기 끝에 매달린 말들도.

내 앞에서만 마지막으로 울겠다던 말이,
끝내 애처럼 엉엉 울던 표정이
마음에 앙금으로 남아 이렇게 글을 써.

어느 핸가
길바닥에 목련 잎이 떨어져 있는데
봄에는 늘 떨어져 있던 꽃잎이고 익숙한 그림인데
어쩐 일인지 그게 꼭 나 같다는 생각이 들었어.

하얗게 눈부시던 잎은 어디로 가고
애초에 꽃잎이었다고는 믿을 수도 없게 추해져서는
한때라도 찬란했던 꽃이라고
누가 알아줄까 싶게 그다지도 초라할 수 없었지.

그게 꼭 나 같다는 생각이 들었어, 사랑이 끝난 다음이었거든.

그런데 아름다움을 다한 꽃잎이
초라해지는 건 순리와 같아.
햇살을 담뿍 받고 뜨거운 한때를 살아냈다는 반증 같은 것.
어쩌면 지고 나서도 향과 색을 잃지 않는 꽃잎들보다
훨씬 제대로 된 마지막이 아닐까.

그런 깨달음이 찾아올 때쯤
나의 이별도 별것 아닌 일이 되어 있었어.

그러니 오래 아파하지 말길.
먼저 끝낸 그보다 좀 더 뜨겁고,
좀 더 오래 사랑했음을 자책하지 마라.

생의 순리대로라면
찬 바람 지나고 다시 꽃을 틔우지 않겠니.
봄 이슬 머금고 환하게 반짝이는 목련처럼
새로운 날들을 맞이하지 않겠니.

꽃이 지고 다시 피어나는 것처럼
너의 사랑이 졌다고 끝이 아님을,
언제고 다시 피어나리란 것을.

그 순리를 믿어라.
그러니, 괜찮다.

사랑에 얼굴이 있다면 너의 모습을 하고 있겠지

사소함에 가슴이 뛰는 그런 사랑을 해

그녀가 바란 것은
지극히 사소한 순간이었다.

버스 2인석에 나란히 앉아
이어폰을 나눠 끼고
느른하게 깍지 낀 손으로
서로의 손바닥을 간질이는 그런 순간.

다 식은 커피의 마지막 모금까지
맛있게 마시고
남은 향을 나누는 그런 순간.

자주 눈 맞추고
작은 것에 웃고
그렇게 온전히 둘로서 기쁜 것.

그녀가 바란 것은
지극히 사소하지만
아무나 하지 못하는 특별한 것.

그 순간의 특별함을 아는 사람을 만나
사소함에 가슴이 뛰는 그런 사랑을 하고 싶었다.

사랑에 얼굴이 있다면 너의 모습을 하고 있겠지

나는 내가 행복했으면 좋겠다

많은 말이, 시간이, 공이
필요하지 않았다,

천 천 히
뒤통수를 쓰담쓰담하고
심장께를 토닥토닥하고
상기한 볼을 문질문질하면 되는 일이었다.

지친 나를 달래는 일은
그것이면 되었다.

한 번도 나를 향하지 않았던 손짓이
나를 향하게 하는 것,
그것이면 충분한 일이었다.

계절의 속삭임, 사랑하라는

그녀와 그는 오랜 동료이자 친구였다.

어린 나이엔 서로의 연애를 지켜보며 응원했고
서로의 이별을 위로하기도 했다.
서로 다른 팀이 되어 소식이 뜸해지기도 했고
그러다가도 바로 어제 만난 듯
편하게 연락을 하고 밥을 먹고 술을 마시기도 했다.

그날도 평소처럼 별 뜻 없이 만나
서로 마주 앉아 술을 마시고 얼마쯤 걸었다.
술기운이 올랐는데도 피부에 닿는 공기가 쌀쌀했다.

◦ 그녀의 가을

또 누군가를 사랑할 수 있을까.
더 이상 가슴 아픈 이별은 하고 싶지 않았다.
좋아하는 일에 몰두하는 것만으로도
얼마든지 행복할 수 있다 믿었다.
그런데 귀 끝이 빨개지는 사람이
갑자기 자꾸만 마음을 건드린다, 톡톡.

어쩐지 다시
바보가 되어볼 수도 있겠다는 생각이 든다.
다시…… 사랑을 믿어도 될 것만 같다.
끝나지 않을 것 같던 여름이 끝나가고 있었다.

∘ 그의 가을

여자보다 친구가 좋았다.
늘 내 시간, 나의 삶이 중요했고
깐깐한 성격도 감추고 싶지 않았다.
그런데 허구한 날 쏟고 엎어뜨리고 잃어버리는 이 여자.
번번이 웃고 털고 일어나는 이 여자가
어느새 마음에 들어와버렸다.

이 여자와 보폭을 맞추고 싶어진다.
올려다보는 하늘이 높다.
다시 시작되고 있었다. 새 계절, 새로운 사랑이.

"절기라는 게 참 자연스러우면서도 위대해.
이렇게 가을이 오나 봐."
그는 말했고 그녀가 끄덕였다.

어느샌가 둘 사이를 감싸는 온도는
달라져 있었다.

자주 눈 맞추고
작은 것에 웃고
그렇게 온전히 둘로서 기쁜 것.

자꾸 웅크러드는 날은

한여름 뙤약볕에 빨래 널 듯
구겨진 마음을 탁탁 털고
빨랫줄에 널어
햇볕을 듬뿍 쬐어주세요.

켜켜이 들어찬 볕 덕분에
마음에도 바삭바삭 햇볕 냄새가 스미고
손끝 발끝까지 뜨거운 기운이 감돌아
간질간질할 거예요.

자꾸 웅 크 려 드 는 어떤 날,
햇볕을 듬뿍 쬐어준 마음에 속삭이세요.
그래도
괜 찮 다 고.

마음이 바삭바삭해질 거예요.

대수롭지 않은 내가 좋아

세상 온갖 말들이
아무렇게나 속살을 내놓은 나무뿌리들처럼 얽혀
자꾸 발목을 잡는다.

단단해져라.
스스로를 보호해라.
부당한 일을 당하면 들이받아라.
할 말을 하고 살아라.

나길 말랑하게 났는데 어찌 단단해질 것이며
그런 탓에 이리저리 당하는데 어떻게 들이받아야 하는지,
어떻게 스스로를 보호해야 하는지 통 모르겠다.

할 말 좀 하고 살라는
조언인 척하는 지적을 들으면
시간 내에 해내지 못할 과제를 떠안은 듯한 기분이 된다.

사실 나는 그냥 묵히고 살고 싶다.
할 말 하며 살고 싶지 않다.

그래서 가만히 적기로 한다.

세상에 흩어진 말들이 아닌
마음속에 떠다니는 나의 말들을.

밤이 찾아오면 적는다.
그저 나 같은 하루를 적는다.

누군가를 원망하는 마음 약간에,
미운 마음 약간,
부러운 마음 약간.
그리고
대수롭지 않은 마음, 마음들 얼마큼.

세상의 말들을 걷어내고 보면
대수롭지 않다,
대수롭지 않은 내가 좋다, 라는 마음이 남는다.

당신도 그러하길.

대수롭지 않은 내가 좋아,
결국 당신의 발목을 잡는 말들로부터
그런 마음이 남는 날들이 되길.

변질된 향수 같은 관계

어느 날,
매장에서 시향한 향수와 구입한 향수의
향이 다른 이유를 듣게 됐다.
이유는 '변질'이라고 했다.

쇼윈도에 진열해놓은 향수들은
통창으로 들어오는 햇살,
판매대에 켜놓은 강한 조명들 때문에
향이 변질되어서
내가 산 향수와 다를 수밖에 없다는 얘기였다.

향수 이야길 듣고,
관계 맺는 일에 관해 생각했다.
판매대에 올라 선택받기를 기다리는
나와 당신, 우리를 떠올렸다.

좋은 모습만 보여주려 애쓰고 진열했던 당신과
오랜 시간을 두고 비로소 알게 된 당신은 달랐다.

나 역시 그랬음을 부정할 수 없다.
애정받고 싶어 진열해두었던 나는 본래의 내가 아닌 까닭에
내밀한 관계가 되면 서로 마음이 상하기도 했다.

지나치게 밝은 곳에 억지로 자신을 진열하지 말기를.
내가 아닌 나를 나라고 속이며 애정을 요하지 않기를.

변질한 향수 이야기를 들으며
손이 가지 않는 향수를 보며
입맛이 썼다.

대수롭지 않은 내가 좋아,

결국 당신의 발목을 잡는 말들로부터
그런 마음이 남는 날들이 되길.

당신의 날을 환하게

얇은 구름이 고르게 하늘을 뒤덮은 날.
흐린 날을 파랗게, 사진 앱을 켰어요.

보이지 않아도 해는 거기 그대로 있고
부시지 않아도 빛은 머리 위에 쏟아져 내려요.
그러니 마음먹기 나름.

앱을 켜듯 필터를 끼우듯
그래요, 그렇게 환하게.

흐린 날을 파랗게
당신의 날을 환하게,

마음먹기 나름이에요.

별거 아닌 날이 온다

10년의 연애가 끝났던 서른 살 10월.
일기엔 이렇게 적혀 있었다.

'자고 일어나면, 10년쯤 늙어 있었으면 좋겠다.'

해가 떨어지면 시드는 꽃들처럼
밤이면 방바닥을 파고들며 시들었고
상실감은 갈수록 몸집을 불려가는데
무심하게 밝아오는 날들이 싫었다.

오늘 자고 일어나면 내일은
10년쯤 늙은 나로 깨어나길 바랐다.
눈 뜨면 여전히 이별한 서른 살의 나인 게 슬퍼 울었다.

10년이 흘러 마흔이 됐다.
그사이, 몇 번 사랑을 했고
어떤 사랑은 처음 하듯 뜨거웠고
어떤 사랑은 무던했고
어떤 사랑은 가물가물한 채 기억조차 흐리고
어떤 사랑과는 평생을 약속했다.

아이도 낳았다.
아이가 커서 제법 대화를 할 수 있게 되면
사랑하고 이별하고 다시 사랑하는 법,
좋은 사람을 곁에 두는 법을
알려주고 싶다는 마음으로
밤이면 일기를 썼다.

돌아보니,
하루가 몇 년 같던 아픔의 순간은 생각보다 짧았다.
다시 못 할 것 같던 사랑의 날들은
여전히 찬란하게 펼쳐졌고, 한편으론 또 여전히 초라했다.

자고 일어나면, 10년쯤 늙어 있기를 바라던
서른 살의 그녀로선
상상할 수 없는 시간들이었다.

아픈 채 잠들어도 좋다.
방바닥을 파고들며 시들어도 좋다.
별거 아니다, 반드시 별거 아니다.

그 런 날 이 온 다.

나의 페이지로 채우는 일

시간이 해결해준다는 말만큼
무책임한 말이 없다고 생각했다,

시간이 지나도 도무지
자연스레 풀릴 것 같지 않던 문제들.
해결될 것 같지 않던 상처들.

시간이 얼마쯤 지나 깨달아졌다.

어제도
오늘도
이 순간에도
나의 페이지는 차곡차곡 넘어간다.

페이지가 넘어가는 일은 너무도 당연한 일이라
넘어간 만큼 정직하게 두꺼워지고,
어느 페이지에는 지혜가 담겨 있기 마련이란 걸.

그러니 흘려보내보자, 넘겨보자.

두꺼워진 책의 어느 페이지가
당신에게 해답을 줄 때까지.

채워진 당신의 시간이
저절로 기막힌 해답을 줄 때까지.